CB060528

A LUZ NO CALEIDOSCÓPIO

SERGIO LEMOS

A LUZ NO CALEIDOSCÓPIO

TOPBOOKS

Copyright © Sergio Lemos, 1998

Composição e fotolitos
Art Line Produções Gráficas Ltda.

Revisão
O autor

Capa
Victor Burton

Todos os direitos reservados pela
TOPBOOKS EDITORA E DISTRIBUIDORA DE LIVROS LTDA.
Rua Visconde de Inhaúma, 58 / gr. 203 — Rio de Janeiro — RJ
CEP 20091-000   Tel.: (021) 233-8718 e 283-1039

Impresso no Brasil

Para Ferreira Gullar

OS RESÍDUOS E A LUZ

Bruno Tolentino

*Foi preciso que o mar evaporasse
e que a agulha do tempo tatuasse
com lembranças de horror o paredão
para de tais purezas o menino
desistir e assumir como destino
os resíduos, o sal, a solidão.'*

Mas quem é esse menino? Quem é esse *desistidor de purezas*, esse fino fio na *agulha do tempo*, esse aluno-concha de um mar que se *evapora*? Saibam que *foi preciso* a fina malícia de Ferreira Gullar ao enviar-me os manuscritos deste livro singular; foi-me preciso esse presente feliz de grego maranhense para que a minha ignorância ante tais perguntas mergulhasse no mais sedutor emaranhado de enigmas — nas músicas da mente — e lhes fosse desvendando a riquíssima trama, as suaves respostas. Até então eu não sabia, como o leitor ainda não sabe, que na Urca de Armando Freitas Filho (e de todos os tempos) havia mais de um poeta e, no caso, mais que um poeta: um alquimista-demiurgo da melhor cepa carioca, um tecelão de tempos e marés que se cruzam e entrecruzam num tecido finíssimo, inédito entre nossos variados modos de cantar o concreto e o inefável. O leitor verá: este por décadas cabeçudamente anônimo Sergio Lemos foi o tempo todo um testemunhador de improvidências, um bardo como os raros, no sentido mais puro e provado de um ofício tão entranhadamente nosso.

É possível escapar a tudo neste nosso pedaço de Brasil carioca: à fama e à cama, ao amor e ao desamor, ao ciúme e ao câncer, à lisonja e à maldade, à justiça e ao cinismo, à inocência e à arte, à política e à imprensa; meus amigos, meus inimigos, é possível escapar até mesmo à bala perdida e à Estrela da Manhã, afinal somos os sobreviventes do inefável como do inevitável, não é mesmo? Pois é, mas escapar às marés do tempo e ao mesmo tempo levá-las em si para dá-las ao próximo como se se tratasse de um assovio à tardinha... Já lá isso é coisa de poeta, e de poeta anônimo, da estirpe dos "mendigos maiores" de Cecília Meireles — as Emily Dickinson, os Foscolo, os Hopkins... Exagero? Leia e confira, depois conversamos.

O que faz este nosso "menino desistente", o poeta Sergio, não é apenas o que lhe Lemos, é um trocadilho vital muito mais sutil ainda: é algo assim como o assovio anônimo de um segredo, um segredo sem dono e sem data. E segredo anônimo é um perigo. Por tantos anos secreto, este livro-assovio é perigosíssimo, leitor, não se entra e muito menos se sai dele como no entra-e-sai das sobras e sambódromos, das boates e bebedeiras, das ruas vazias e dos papos de bar. Vai-se ver e ele grudou-se à gente sem que se saiba como... De como o artífice-poeta o fez, como o faz, como o consegue, como e de quê o livro-grude-luz é feito, isso o leitor me dirá, se e quando o descobrir, eu não sei informá-lo de nada que o ajude nisso. Sei que de repente não há mais como livrar-se deste livro, verdadeiro gato no sofá da mente...

A luz num caleidoscópio faz assim, justamente: une em espelhos imperceptíveis os possíveis visíveis da mente inquieta e produz uma geometria em movimento, uma dança feita toda de resíduos, de restos desconexos que a luz costura lá dentro, entre ângulos opostos que se harmonizam na magia geométrica de uma súbita, precária, fragilíssima e... Frágil o que mesmo? Ia dizer "visão" e hesito porque aqui, assim como lhe acontece à fabulação figurada,

*O Nada, de infinito, se reduz
a mero lado externo dessa luz.*

Fruto da arte de um visionário, este livro? Não creio. Desconfio dessa fórmula-mãe dos barroquismos mais abstrusos, certamente (e mais que nunca ultimamente) cá por nossas bandas. Obra de um geômetra do anônimo, isto sim! O segredo sutil das coisas sem nome, e aparentemente sem significado, é o que sustém o vigor nostálgico desta coreografia de prismas entre sombras. Caquinhos (vide o delicioso detalhe do espelhinho na parede da fanzoca de Dircinha Batista), películas, resquícios, fiapos esvoaçantes do fio da Ariadne anônima que se entende com as temíveis Parcas para alongar e alentar nosso sonho de ser, ter sido e seguir sendo.

Ninguém conseguiria passar tão despercebida das Euríades quanto a sombra palpável, libelular, da jovem heroína anônima e mineira a voltejar num dos cantos mais comoventes deste livro-caleidoscópio: a empregadinha que é de repente o anjo anunciador e a virgem-mãe da poesia barata e imortal desta vida nossa feita de resíduos, de salsugem solta, de solidão inviolável e tanto mais mortal quanto mais luminosa:

*O trem, no emaranhado de suas linhas,
desfazendo mil sonhos de casório,*

*carregava mineiras de ar simplório
para longe de roças e igrejinhas.
Meeting das empregadas das vizinhas,
o quarto-microcosmo da empregada,
delírio, desvario, misturada
de retratos de artistas e calcinhas,*

*doce inversão do apartamento inteiro,
da mesmice glacial das salas, era
quente, caleidoscópico, mineiro.*

Conchas, pedrinhas, pedacinhos de ossos, cantava-nos já o inimitável Camilo Pessanha, o mago de Macau em sua ampulheta de brilhos, aquela espécie de lanterna chinesa de mistérios e encantos que haveriam de fecundar decisivamente nosso dizer poético. Pois aqui temos o Lemos-do-assovio, o mago sutil dos vitrais *art nouveau*, dos tangos perdidos e indeléveis, das dez mil empregadinhas-libélulas girando paralelas às *dez bailarinas do Cassino*, como das inumeráveis burlas e mazurcas deste nosso perene teatro — o teatro de sombras do Ser...

*Feito de ferrinhos, gesso, palavras,
o amor abre a porta, o amor ectoplasma.*

No tempo desautorizado tudo são ângulos, prismas, inclinações, e assim o espaço, nem mais o *locus* nem o *objet trouvé*, torna-se o ponto-de-fuga de todas as recuperações. A Urca de Lemos é isso, menos o que lhe falta e mais o que é: lemos o prestidigitador da velha e contínua enseada e a descobrimos tal qual sempre foi e continua a ser, deliciosa Macau em nosso entrópico Hong Kong carioca... De conchas gregas e nativas (concha de Vênus etérea e venérea); de caquinhos líricos entre as paredes e as ondas (radiofônicas e marinhas) dos anos 40; de pedacinhos nossos que-os-anos-não-trazem-mais — de detritos mágicos — de tudo isso e muito mais compõe-se o vagaroso e encantado caleidoscópio deste livro. Este livro que nos conta a nossa história, canta-a e nos escapa como aquele assovio que não se esquece mais. O assovio do menino que passa e vira o que somos, mais o que ficamos sendo quando o tempo (*sí podemos intuir esa identidad*, pondera Borges...), ou antes: depois que "o tempo", essa identidade afinal sobretudo numérica, tatua-nos os resíduos em paredões de terreno baldio, em muros velhos à beira-mar da emoção e da História, ah, das tão pouco estatísticas contra-voltas estilísticas "do tempo", esse mero rascunho da *eternidad* borgeana, o tempo, *esa delusión...*

Mas o tempo foi, ó ondas,
passando como passais,
arqueado em cumes de espuma,
descendo a abismos de sal...

E como pôde a distância,
tempo e idade, transformar
o mundo — ânsia e vaidade —
neste final, luz e paz?

Vem a resposta — marulho,
arrulho do mar-pombal,
e é só, sem voz, um mover-se
respiratório, um arfar...

O triunfo estilístico deste livro-assovio é simplesmente embriagador. E, o leitor o verá, o mais verídico desta afirmação está no advérbio: é feita "simplesmente", é simples a fatura desta arte-assovio. Não nos faz chupar cana. Não se exibe pelo que não lhe importa, e nem a nós. Comove-se e comove-nos com aquela clara simplicidade que Goethe insistia ser a cortesia a esperar de um autor. Dom Manuel e Dona Cecília leriam-no, estou certo, com toda a alegria. O Alphonsus de Mariana e o Camilo de Macau aposto que também. Eu certamente li-o e o continuarei a ler com o enternecimento devido às fontes naturais em que ninguém ainda cuspiu, à beira das quais não se faz piquenique pós-moderno. Sibelius disse uma vez, de seu fulgurante acervo sinfônico, que onde outros ofereciam "coquetéis de várias misturas" ele dava-nos "água pura de fonte". É com aquela água cristalina e inigualável que só eles têm que os escoceses fazem seu inconfundível uísque de malte. Há vários *blends* por aí, mas aqui o leitor não vai se embriagar em vão. A ressaca que precede e sucede as misturas espúrias não o ameaça neste livro. Enéias saiu-se muito bem ao navegar por ele. O leitor também pode fazer o mesmo, não há Dido que o segure: se souber ler pode partir. A viagem vale a pena. Viagem-interrogação:

> *Que solidão foi seu troco?*
> *Que liberdade tão firme*
> *para firmar-se em tão pouco!*
> *Quem foi seu próprio contrário,*
> *solitário, solidário*
> *espelho, menino louco?*

O menino maranhense do *Poema sujo*, o mais crescido

de nossos tantos viajantes a contragosto, tinha uma vez mais razão. Seu nome merece figurar à folha-de-rosto deste périplo circular entre o Egeu e a enseada do Pão de Açúcar. Obrigado a ele, obrigado à Musa e obrigado à Urca. E um comovido obrigado a este construtor de caleidoscópios que se escondeu tanto tempo de nós para escolher e salvar em proveito nosso os mais puros e finos resíduos da luz a reanimar-nos os frangalhos. O nome dele está na capa deste volume. Daqui a pouco estará em todas as bocas, e em quantos corações tenham sobrevivido à profusão de rabiscos nos paredões temporais da moda, os corações silenciosos e ciosos da música que Ricardo Reis reclamava de si: aquela "música que se faz com as idéias". Aqui ela se faz também de restos e resíduos, de caquinhos e sobras, entre as dobras do Ser e, arrancados ao tempo, nossos caleidoscópios, nossa luz figurada, cantante e moritura.

Niterói, novembro de 1997

URCA E
TANGO JALOUSIE

I

Memória do assoalho, a tarde-pântano,
exalada de tábuas, rodapés.
Laivos da noite, rápido, esquivando-se
embrulhados na luz da tarde-mel.

Pelos vidros de cor, pé-ante-pé,
a poeira luminosa ia avançando.
Oh a tarde de laranjas bocejando,
papel de pão, as moscas, o café.

E a década sinistra de quarenta
vinha doce, tranqüila, sonolenta
como um gato lambendo nossa mão.

Vila Isabel — o rádio era criança.
A Shirley Temple. Ocupada a França.
E os vidros de merengue com limão.

II

Havia o tal depósito de pão:
uma portinha só, além da esquina,
com biscoitos no meio da neblina
— mistério matinal da cerração.

E outros mistérios: a babá menina,
o tédio, a tarde, o tanque, a solidão.
E as grades do quintal, ou da prisão
— como todas, estúpida, assassina.

Havia os vidros art-nouveau — antigos,
como tudo no mundo: a casa, os muros,
antigas as pessoas e os perigos.

E havia um horizonte de esperanças:
a praia, a Urca, o verde-mar, tão puros
— sem perigos, sem rostos, sem lembranças.

III

A Urca, nesse tempo era moderna.
Com vidros art-decô, bauhaus, orgulho
dos anos trinta e tal, vidros-marulho
— quem diria que a Urca fosse eterna?

Das espumas do mar, da pedra e entulho
nascida, inaugural Vênus fraterna,
a Urca primeva ainda vivia, interna,
a volúpia do sol e do mergulho.

Foi preciso que o mar evaporasse
e que a agulha do tempo tatuasse
com lembranças de horror o paredão

para, de tais purezas, o menino
desistir e assumir como destino
os resíduos, o sal, a solidão.

IV

Mas há vezes que a Urca até parece
do longo pesadelo despertar,
qual se a memória-poluição cedesse
e tudo junto esvanecesse no ar.

Então vamos passando devagar,
esperando que o tempo recomece
no aterro-caos onde o mato cresce,
nos inícios de barro à beira-mar.

E no ar puro dos anos vinte, trinta,
junto ao lixo, capim, restos de tinta,
sobe o cheiro das plantas ruderais.

E há céu, há sol, há espuma, há o novo mundo,
há o mar na pele, e respiramos fundo,
pedindo aos mortos que não voltem mais.

V

TANGO JALOUSIE

Depois houve outros sons: a Marcha Turca
do vizinho de cima e o Carnaval.
Mas nesses anos trinta, a nova Urca
soava futurista, sideral.

Dentro de toucas lisas de borracha,
hidrodinâmicas em seu maiô,
junto ao Cassino se configurava
o reino das mulheres art-decô.

Que som emitiriam tais golfinhos?
Calmo ou dinâmico? Entre fox e blue?
Tinha que ser veloz, novo, esportivo,
um som de aviões, ou corpo liso e nu.

(Curioso é que, dos sons deste Universo,
não acho o que melhor lhes corresponda
— mesmo sendo esta Urca tão moderna —
que um som de tango, de violino e onda.)

VI

Ai ondas do mar da Urca
— ondas, não: marolas-prata.
Cheias de secretos gumes:
tesouras, peixes-espadas.

Ai sucessoras de Vigo,
parentes, longe, do Prata.
Ocultos riscos, mariscos,
e amêndoas boiando nágua.

Ai ondas que vistes (ristes)
tanta animosa alvorada.
Ai ondas que tristes vistes
tanto sol logo afogar-se.

Ondas-década-de-trinta,
Urca noturna, bauhaus,
faiscando seu brilho líquido,
Urca marinha, tal qual

se a vidraria das águas
houvesse feito instalar
— saltando do pó-de-pedra,
nos caixilhos de metal —

vidros de puro marulho
em basculantes, vitrais.
(Entre arquitetura e meio,
feliz simbiose casual:

fica o tal bauhaus-indústria,
preto e cinza fantasmais,
sorrindo em brilhos, vidrilhos
do artesanato do mar.)

Mas o tempo foi, ó ondas,
passando como passais,
arqueado em cumes de espuma,
descendo a abismos de sal.

E, mesmo assim, quando à noite,
olhando os longes do mar,
vou dos fins da João Luís Alves
à avenida Portugal,

este mar que sobe e desce
parece um mar sempre igual,
parece espelho e planície
de um sereno vegetar,

sem insensatas alturas,
recifes ou naufragar-se,
qual vida passada a limpo
dentro do seio do Pai,

ou em perdão revivida,
sem miséria ou baixamar,
e (vista dos morros) plana,
como a Urca — atemporal.

....

Mas como pôde a distância,
tempo e idade, transformar
o mundo — ânsia e vaidade —
neste final, luz e paz?

Vem a resposta — marulho,
arrulho do mar-pombal,
e é só, sem voz, um mover-se
respiratório, um arfar,

daquele que a voz recusa
para, ao fazer, dizer mais.
E é como um sinal de vida
tal discreto respirar.

Que quer dizer? Deus e morte?
Ou vida em si, nada mais?
Quer dizer a vidamorte,
uma só, sem separar-se,

indivisa, ou de si mesma
rodeada, a se transmudar
de si em si, vice-versa,
Urca fundida com o mar.

E quer dizer recomeço
no coração do acabar,
quer dizer o dentro-fora
antes-depois, terra e mar.

Quer dizer o eterno agora.
Desistir? Dormir. Voar.

Na Urca, entre vida e morte,
há um paredão que não há.
Um quebra-mar que não quebra
ondas do lado de cá

— nem pode quebrar a terra,
que dos dois lados está,
nem ondas do nosso sangue
de um lado a outro a estourar.

E esta Urcavida, Urcamorte,
una, final, Urcamar
parece subir à altura,
como um dia subirá,

sumir-se no espaço fundo,
tudo e nada, terra e ar,
onde os contrários se fundem,
de onde, por fim, chove a paz.

VII

Qual das Urcas é verdade
(tantas há dentro de mim)?
A nova, da liberdade?
A gasta pelo uso ruim?

A nova, ressuscitada
a cada sonho auroral?
Os doces chalés de praia?
A vanguardinha bauhaus?

Nenhuma Urca é verdade
se não for viva, total,
como a Urca mortevida
e vidamorte, atual,

que a todas engloba, viva
mais que antes, subindo aos céus,
Urca sim-não, tudo e nada,
no seio (enseada) de Deus.

dez. 1988

DIRCINHA BATISTA
NA PAREDE

I

Minas tão próxima, reservatório
de mucamas, babás, empregadinhas
(diminutivo tão difamatório,
patroas diminutas e mesquinhas).

O trem, no emaranhado de suas linhas,
desfazendo mil sonhos de casório,
carregava mineiras de ar simplório
para longe de roças e igrejinhas.

Da Leopoldina à casa da madame,
dos ônibus ao bonde e o macadame
— tudo era sensação, alumbramento.

Enfim, a cela, o quarto, ou cohicholo.
E a tal madame, gigantesco bolo
de tolice, de orgulho, de cimento.

II

Meeting das empregadas das vizinhas,
o quarto-microcosmo da empregada.
Delírio, desvario, misturada
de retratos de artistas e calcinhas,

com seu ar próprio, cheiros e morrinhas,
sex-appeal de roupa mal lavada,
tão livre e soberano, separada
comarca, independente das cozinhas.

Doce inversão do apartamento inteiro,
da mesmice glacial das salas, era
quente, caleidoscópico, mineiro.

Ali nos seus mistérios, o menino,
refugiado de grades e megera,
bebia a liberdade — seu destino.

III

O caquinho de espelho pendurado,
rouge e batom, baratos igualmente,
retratos e recortes, meio pente
— eis o quarto já pronto e decorado

Então vinha à memória vagamente
algo rural, coisas de milho e gado,
vagares de roceiro refugiado
das noites frias no quartinho quente.

O menino do frio foragido,
não do frio dos matos, mas dos fatos,
vazios, frios tratos sem sentido,

contra a tolice vai fechando as portas
do seu quarto interior. Lá fora, os ratos
guincham, tentando entrar, a horas mortas.

IV

Se o quarto era o contrário da mansão,
não é que ele saísse assim da linha.
É que a moça no fundo também tinha
lá suas idéias de decoração.

Decorava com o corpo já sozinha
e às vezes decorava só com a mão.
Em vez de móveis, era com a ação
que enfeitava, e saía, e ia e vinha.

E com razão, porque, na vida inteira,
não vi quarto de estilo, era ou maneira
que fosse tão marcante e pessoal.

Na integração total carne-ambiente,
pendiam das paredes, igualmente,
beijos, bodum e fotos de jornal.

V

Tornavam-se as folhinhas, ano afora
— as beiras amarelas e ensebadas —
estranhas flores já despetaladas
por muito manuseio antes da hora.

Vinha o tempo voraz nas madrugadas
(bem devagar, como não faz agora)
e as devorava como quem devora
umas folhas de alface numeradas.

Assim passaram dias, meses, anos,
momentos altos e desertos planos
— e o quartinho de longe a nos chamar:

a Dircinha Batista na parede,
em nossa boca a indefinível sede
e uma esperança indefinível no ar.

VI

As relações ambíguas, como esta,
entre menino e quarto de empregada
não se resolvem de uma só penada,
nem findam necessariamente em festa.

Que foi feito de Minas? Foi tragada
na voragem da mídia. Da modesta
fã do rádio e de artista o que resta?
Quem sabe — um lenço, um pó? Quem sabe — nada?

Quarto e menino, pela vida reles
um do outro arrebatado, cada um deles
a uma nova e sinistra dimensão,

buscam-se ainda e, eternizando o drama,
chama o menino, e o quartinho chama,
chama, e o menino ainda procura em vão.

Dez. 1988

A COISA LIVRE

ANUNCIAÇÃO

Para Afonso Félix de Sousa

A babá criança brinca, no sobrado,
com igual criança, não porque lhe paguem
(o seu preço bobo, de tostões, chorado)
mas porque precisa, porque está na idade.

Na tranqüila rua, enquanto a cantilena
vem se derramar do janelão neoclássico,
o universo é imóvel, nem um som de bonde
corta o coração da luminosa tarde.

E a babá cantava, como algumas cantam,
como se embrenhando num mistério ou céu.
A babá cantava como arcanjos cantam,
e há, por isso, arcanjos que se acercam dela.

Há a cidade, longe. Mas não pensaria
nunca em tais alturas, e seu mundo é ali.
Se um doutor já chega, inacessível pincaro,
com anéis, embrulhos, à hora do jantar,

nada lhe compete, a ela, nisto tudo
— vai cantando, aérea, sem anéis, orgulhos,
povoando de auras o infinito espaço
que vai da calçada ao quarto do bebê.

Décadas de vinte, trinta, das madames
de lornhom e peles, e sobrados. Mas
o universo estreita-se e, do mundo inteiro,
na visão de Deus existe só a babá.

Será ela o centro de insondáveis planos?
Bem que não lhe venham Voz, aparições,
o universo espreita, e há um suspense em anjos
— só ela não sabe que é uma Anunciação.

Mas há uma presença quando canta: o canto
já é voz de Arcanjo, é auto-saudação.
Como que ela própria, na alegria insciente,
já se diz bendita, sem saber que o é.

A si própria a Virgem se anuncia. Traz
— sabe-se lá de onde — a Boa Nova. Deus
compactua alegre. Sente-se no ar o júbilo:
num só ruflo, arcanjos retornando ao céu.

Perguntais acaso: e o Bendito Fruto?
Verbo ou Deus, quem sabe, nasce dela em nós
que até hoje vamos, puro amor, sorrindo,
desde aqueles tempos, recordando a voz

(mesmo agora, quando não há mais sobrados,
nem silêncio ou bondes, nem sequer babás,
e acende a dor, no coração da tarde,
seu sol de chumbo, inutilmente, só).

Jan-set. 1994

O ARQUITETO

O arquiteto arquiteta
a tolice completa.
Da pesada prancheta
sai, não a idéia reta,
mas secreção e treta
que a obscura caixa preta
do cérebro secreta
— e a tolice projeta.

Secreta, cumpre a lei
que o dinheiro decreta
— e por isso é pesada,
e por isso é concreta,
embora em si abstrata,
pois nos abstrai, destrata
e a humanidade mata
a golpes de aço e reta.

Mas é a reta incorreta
— peso pata, pateta —
não a reta completa
da pólis policleta,
de proporções correta.
Não a linha que voa,
embora firme e ereta.
Nada do que se evola
e na altura se isola
para tornar, repleta
de movimento, seta
— e o espírito consola.

Nem cor, nem dor, nem drama,
o que o arquiteto trama.
Nem elegância esguia
que os ares fende e afia,
navalha, e desafia
o vento, arranco lento
ou súbito: sedento
de ar e fantasia.

Nem a força contida
de tensa, densa vida,
de clássica fachada
que parece centrada
em firme, eterno centro
— mas explode, por dentro,

ou o friso que vibra
na brisa e se equilibra
em múltiplas colunas
— bem que múltiplas, unas
(tal peso que se libra
como elástica fibra)
fusão do todo e a parte,
fraqueza e força: arte.

Não, o arquiteto veta
a vontade insurreta
e todo humano plano
de subverter a meta
de quem se locupleta,

e é triste, e como arrasa
o seu retorno à casa,
ombros caídos, asa
cortada cerce, funda
renúncia de alma imunda
e de vontade rasa.

Um dia, um povo livre
construirá seu teto
e vai, tendo a alma livre,
dispensar o arquiteto
com seus padrões, patrões
e monstros de concreto.

Vontade e sonho livres,
o homem firme e ereto,
não deixará que o esmague
o peso do concreto
e toda à sua medida
será a cidade, e a vida.
E em vez de peça, inseto,
e da alma dividida,
será o Homem completo
— o oposto do arquiteto.

1994

PEQUENOS DONS

Não diria que um deus
de súbito não baixe
com seus pequenos dons,
por momentos, cá embaixo.

Que seja pobre e efêmero:
não digo que não faça
sempre alguma presença,
algum pequeno agrado.

Não digo que não haja
nunca, nunca, uma trégua:
se há um instante de sol,
já a paisagem se entrega,

e, embora raramente,
quem sabe, há ao fim da tarde
uma brisa, um poente,
uma lembrança grata...

O próprio amor tem horas
— até às vezes ensaia,
discreto, ou mesmo em público,
um gesto simpático

(mas nada que mereça
atenção, alvoroço:
um "oi", um adeusinho
na multidão, e foi-se).

Jun. 1993

Esquina da Constante Ramos:
nada constante no que amamos.
E a condição mortal inflamos,
sem reparar quantas esquinas,
quantos instintos já dobramos,
cegos ao tempo e sua finas
malhas em que nos enredamos
— errei, erraste, erramos
na esquina da Constante Ramos.

O dólar dor, o dolo ardor,
moeda amor, a mixaria,
a micheria, a macheria
— sem baixaria, o que seria
a esquina da Constante Ramos?
E hoje é passar sem alegria
— calçada, alma vazia —
na selva, por onde se ia
a outro comércio e seus reclamos
na esquina da Constante Ramos.

Há a nova loja, que te espia,
que espreita, distinta,
e desconfia da tua pinta
(se por lá mesmo ainda se cria
a marginália, é de outros ramos:
a nossa nem pensa, nem pinta
na esquina da Constante Ramos).

Enfim, tudo foi, e ficamos.
Mas já à etérea Delegacia
no camburão do tempo vamos,
às mãos de uma polícia fria
que do alto nos policia
— sem ter achado o que buscamos:
no amor, na dor, na noite, ou dia,
nem na esquina da Constante Ramos.

Abr. 1993

ARIADNE

Quando a noite pousou seu guardanapo preto,
com cuidados de amante ou governanta inglesa,
sobre a relva da tarde (às escuras, tal ceia,
como sabá de bruxas, ou piquenique fúnebre?),

quando o amor se afastou (por um momento apenas?),
quando a porta bateu, com a chave do outro lado
(que insidioso serralheiro prende
as maçanetas, e nos deixou trancados?),

quando ficamos sós, mas sós em separado,
na solidão final, no labirinto de aço
— quem estendeu a linha metafísica
até o dedo, o coração, os pés,

e fez voltar sobre o caminho andado,
achou o fio da meada, ou fez
ver que era mesmo — o labirinto inteiro —
sulcos e linhas, só, da mão de Deus?

1991

Os mortos não são defuntos,
os mortos são momentos,
muitos.

Não são palpáveis,
não são verdadeiros cadáveres.

Mas como
— tão frágeis —
infinitamente duráveis!

Tão tênues,
como emporcalham
todos os outros momentos
— qual baratas.

Como os mortos matam:
não de súbito.
Sim nas madrugadas
— crônicos súcubos.

Eu vi os mortos,
só eu.
E dei-me.
Inútil: sem corpos.

Entram
impalpáveis:
sem nosso gozo.
Dor? Só nojo.

Queria um corpo
novo, sem mortos.

1991

Era a terra dos índios que queria,
em nossa gestação, a Europa fria.
Índios da Índia, não dos índios nus
— e por isso é que somos meio hindus.

E nos sonhos da Europa que paria,
havia tons de pesadelo, havia
monstros do mar, pecados abissais
— por isto é que ficamos medievais.

E nesse parto havia tanto sangue,
tal desvario de maldade e infâmia,
que foi melhor não nos lembrarmos mais
— por isso nos julgamos cordiais.

Ao escravo foi dito: não existes,
és corpo só. E ao dono: és só espírito.
E como os dois se acreditaram tais
— por isto não podemos ser iguais.

Enfim, viemos de um parto inacabado,
com nossos donos tristemente atados
a cordas umbílico-ocidentais
— por isto nem sequer são nacionais.

Nem coisa alguma, só brancor vazio.
E tomam todo o espaço com seu brilho
importado, de anel de imitação
— por isto somos de segunda mão.

E é o espaço dentro, não somente o fora,
pois tomam nossa mente e nossa história.
Por isto somos só fora de nós
— estéril microfone de outra voz.

E como já tomaram casa e chão,
e o corpo, derradeira habitação
do pobre, é todo o livre que se vê
— por isto não há pobres na TV.

Tal pobre, o que tem preso na garganta,
por isto, não se escuta. Nem adianta,
se a História, em seu replay, já nos faz ver
quais estão salvos, e os que vão morrer.

Nem há voz mais terrível que o silêncio.
Os nossos donos sabem disso, e sentem
chegar a vez de os devolver ao mar
— e sentem que esperamos, sem falar.

1986

CINELÂNDIA REVISITED

Não há mais a emoção e o mocinho
— e quase não há cines mais.
Há um Império de ausência, há meus mortos
— e nós, que vamos indo atrás,
no Cine Rex da vida, entre vagos
ecos de lutas orientais,
dóceis marchando para o fim do filme,
o fim do jogo, do tempo, do time
— como tranqüilos animais.

1980

BALÕES

Cortado em papel
de saudade seda
— em sonho, cedo.

Com uns arames finos
— arcabouço frágil
para um vôo, mesmo baixo.

A imperícia, grude
em rosto mãos pés:
matéria, revés.

Quem diria, quando
se trabalha insone,
que a coisa funcione?

Como existe a chama,
a coisa insana
nos ares plaina.

Vai subindo andares:
um a um, sobrepostos,
o aplauso nos rostos.

Mas o sonho sobe
mais que o pobre esfera
— 14-Bis, montgolfière.

Sonho que prefere
— longe de edifícios,
em busca de navios —

a praia, mesmo árida,
onde ninguém o tasque:
assim, depois é o largo.

Assim, depois é o nada
(incêndio aflito,
frustrado infinito).

E depois é o mar
(mas o mar é frio,
mas o mar é frio).

1977

Meu poema é minha vida:
essa linha repetida,
verso inverso, fracassada
fuga, entrada sem saída
— meu poema é minha lida,

é minha estrofe não lida,
impressa nem declamada
e às feras oferecida:
apenas subentendida.
Meu poema é minha vida,

vida fraca, fracassada,
mas com a força da corça
que foge quando caçada,
e com o esforço do torso
quando desvia a pancada
quando defende a ferida
— é minha vida invertida

e minha vida vertida
no imenso copo do Nada.

1976-1988

Cinelândia, *sine labe
originali concepta.*
Sem-lândia, que lança é esta
que em nosso peito atravessas
— lança-esperança que avanças
numa sílaba secreta:
uma promessa, uma seta.

Sem cine, cinicamente
voltada para outra tela,
que filme de fumo e fama
nesse teu cine se leva,
que confirma, infama, inflama
e afinal se acaba em treva?

Passeio de passos dados
ou de maus-passos: passados
pelo passeio rolados
como dados, como dados.
Mas dados sem dar: presentes
jogados, dados-negados.

Cinelinda, Cinelenda,
cine-ilusão de oferenda,
que uma ferida ofereces

fria e funda, em compra-e-venda:
são corpos que vão sem dono
num trajeto de descrenças
("entendidos", dizem todos,
mas não há ninguém que entenda).

1969

Em menos de duas horas estava tudo acabado:
o vaso vazio, o amor quebrado.
Soltou-se o navio. Partiram os cavalos.
Não deu nem duas horas: tudo acabado.

Já o pastor da aurora recolheu seu gado.
Onde houve a batalha não sobrou mais nada.
Do mourão soltaram-se todos os cavalos
em menos de duas horas: tudo acabado.

Em menos de duas horas acabou-se a Hora.
Retirou-se o mar levando seus náufragos.
Caíram os ponteiros, eis só, no relógio,
o círculo branco: areia sem passos.

Mas, como se não estivesse tudo acabado,
continua o amor sua vida automática:
a um toque de apito, ensaia-se o abraço,
os olhos emitem leves fantasmas.

Pois o amor revolta-se, quando está acabado.
Quer transformar sua morte em vida de máquina.
Solta um beijo frio, guinchos metálicos,
em passos mecânicos vai subindo a escada.

Mas que achará o amor no hall descampado,
no leito vazio, que encontrará nos quartos?
Feito de ferrinhos, gesso, palavras,
o amor abre a porta, o amor ectoplasma
— encontra o tédio, a insônia dos casais.

E é amor de metal, mas os casais o agarram,
à cama incorpora-se, tábua de náufragos,
é o cadáver do amor, mas os casais o abraçam.

E o mundo se esconde do crime necrófilo.
(Ao longe, longe, estão nascendo auroras...
Ó quem não for um morto neste quarto-cova:
diga-me a saída, ainda há o ar lá fora?)

                                      1968-1986

LUZ E VAL DO MAR CHAMAVA-SE

Praça Quinze, desesseis
sentinelas junto às Barcas.
Podiam ser doze apóstolos,
quatro evangelistas magros.
Mas são rebeldes arcanjos
que vão a bordo da noite
passando para o outro lado.
E certa vez houve um deles
que foi, até afogar-se.

"Os salva-vidas encontram-se
embaixo das poltronas."

Demônio, acorre, Demônio,
devolve seu corpo intacto.
A Deus não, a ti recorro
— se o Deus que veda teu nome,
esse Deus mesmo é que mata,
que medo e morte amontoa
numa estupidez compacta
e atira-se de encontro ao templo
onde habitava Sua graça.

"Os salva-vidas encontram-se
embaixo das poltronas."

Ou então vem, lá quem sejas,
Morte, Deus, Destino, Acaso
— torpe animal que te espojas
ao pé dos deuses de mármore,
cuspe das ondas, detritos,
carícia imunda das águas
que no seu corpo tocaram:
vinde saber quem, ao menos,
era esse deus que levastes.

> "Os salva-vidas encontram-se
> embaixo das poltronas."

Era o espírito da noite,
o corpo das manhãs claras
e, rescendendo a navios,
luz e val do mar chamava-se.
Era a eternidade esquiva.
Era uma dança infinita.
Não sei se o amava, ou me amava.
Sei que são, sem vê-lo, os olhos
duas cicatrizes amargas.

> "Os salva-vidas encontram-se
> embaixo das poltronas".

E outros sóis que, depois dele,
mil vezes se levantaram
— violáceas esferas frias,
brotos de sol abortados —
ouviram falar seu nome
como só de Deus se fala.
Pois ele, sim, era Deus,
e de Deus mesmo falava.

> "Os salva-vidas encontram-se
> embaixo das poltronas."

Pois sei que, do nada ao nada,
pequeno é nosso intervalo.
Porém não somos o Nada,
somos o espaço de carne,
e é traição chamar Deus
ao Nada que nos esmaga.
E um só consolo nos resta:
amar o corpo e jamais
beijar a Mão que nos mata.

> "Os salva-vidas encontram-se
> embaixo das poltronas."

E a carne talvez se alongue
bem além do que pensávamos
— quem sabe, do vivo ao vivo,
uma espécie de contágio,
como se o corpo que se abre
no outro deixasse uma parte
e, juntos, todos formassem
um novo Deus, mas de carne.

> "Os salva-vidas encontram-se
> embaixo das poltronas."

E este, em alguns revelasse
os seus sinais muito claros:
no torso nu, na alegria
— já não apenas consciência,

já não apenas calvários —
e enfim, liberto de roupas
e outros horrores judaicos,
nos entregasse Seu corpo
realmente ressuscitado.

> "Os salva-vidas encontram-se
> embaixo das poltronas."

Por isto não chamo Deus
ao velho tirano abstrato
(chamo-o vazio, sopro, vento
ou, quando muito, Diabo).
Mas Deus chamo àquele corpo
ou ao que nele chamava
— gancho, ou química valência,
seja o que for que ligava
meu desespero à alegria
de sua infinita alvorada.
Deus é o instante de beleza.
Deus é o infinito da carne.

> "Os salva-vidas encontram-se
> embaixo das poltronas."

E agora vou recolhendo
destroços de seu naufrágio.
Não tanto como quem guarda,
no armário limpo da vida,
roupa lavada e passada.
Mas antes como quem, tarde,
torna do inútil trabalho

e, frente à noite, se esquiva
ao som da festa, e desvia-se
lento, caminho de casa:
coração só, mãos vazias,
pés e coração cansados.

> "Os salva-vidas encontram-se
> embaixo das poltronas."

Mas certas noites, passando
nas ruas em que habitava,
parece-me ouvir o tempo
no alto de seus sobrados.
E parece-me o aroma
seu, de seu ventre e seu hálito,
e seu bafejo e sua essência
transpirando nas calçadas,
desentranhando das pedras,
da tinta velha dos quartos.
E parece-me tão perto,
neste aqui, naquele lado,
que o tenho, mesmo sem tê-lo,
oferecendo as entradas
secretas de sua carne.

> "Os salva-vidas encontram-se
> embaixo das poltronas."

Mas como é tarde! E caminho
— frio, fadiga, fastio —
pra fora de meus fantasmas,
nas suas mesmas esquinas

— Gomes Freire, Lavradio —
sem atender ao chamado.
E, súbito, é Praça Quinze,
como havia começado.

"Os salva-vidas encontram-se
embaixo das poltronas."

Porque já vamos subindo,
nós também, à mesma barca,
a bordo da mesma noite
— passageiros para o nada.
E vamos, mil rostos vagos
de pensamentos despidos,
ou de pé, no convés frio,
como convém a este gado:
na escuridão olhos fitos.
Sem mais protesto. Calados.

"Os salva-vidas encontram-se
embaixo das poltronas."

EMPIRE STATE BUILDING

Torre que te estiras
sozinha pelo espaço
antes que te edifique
eu mesmo, com meu braço
inútil para erguer-te
em pedra e argamassa,
mas com o amor, que é forte
para extrair-te o traço
e dar-te um ser mais fundo
e eterno, com seu laço

e dar-te um alicerce
de sal e de memória
e asas de esperança,
para que, imóvel, voes
ao lago de esquecer-se
onde o tempo se entorna,

onde o tempo esmorece,
ao lago de não ser
onde o que foi retorna
e desabrocha a flor
numa alvorada enorme.

Mas a torre se erguia
e com ela a cidade,
e com ela o universo,

recusando-me a parte
de membro e demiurgo
de uma essência mais vasta,
e eu era inútil, livre,
como quem passa ao largo.

Ó positiva, ó torre
alheia que me esmagas,
como teu não seres eu
nem no amor, nem na carne,
que, existindo, me negas
e, erguendo-te, me abaixas,
com teu desconhecer-me,
e, brilhando, me apagas:
o que resta é essa luz
dorida, ao fim da tarde.

Ó torre, vais cair,
como as torres do mundo
e tudo que se ergueu
sem apoiar-se em tudo,
sem um outro alicerce
mais firme, mais profundo,
feito com o amor de todos
os homens do mundo.

Pois não basta o suor,
não basta mesmo o sonho,
se não sonhou contigo
a Humanidade toda,
e o berço que constrói
tinha a opressão em torno,
e o sonho que sonhou
era um sonho de morte.

Era preciso mais:
que fosses liberdade —
para que fosses minha
obra (não na carne,
mas no amor, que acrescenta
outros tantos andares
com só te descobrir
a alma, e celebrar-te:
viveres ainda um pouco
além dessa argamassa).

Mas precisavas ser
a vitória do Homem:
e és apenas seu choro
e és o sangue que corre
no canavial, na rua
dos pueblos e se entorna
das bocas do alto-forno
e das minas de cobre
— e és a traição, e o lucro,
és a ferida, o golpe,
és a prisão, o tiro,
e a memória dos mortos.

Ó torre de mandar,
ó torre de mil olhos
de examinar a Bolsa
e vigiar os povos:
até quando, até quando,
com tua sombra enorme,
até quando, até quando,
erguida em sangue e dólar,
ocultarás o sol
aos escravos que dormem?

Até quando esta noite?
os povos te perguntam.
Mas teu corpo se agita
e é tua resposta muda:
mais soldados na Ásia,
outra invasão em Cuba.

Ó torre vais cair
e, contigo, a Cidade.
Na treva, no silêncio,
o tempo se prepara:
onde houver uma lágrima
e onde houver um braço
o Dia se constrói
nos mínimos detalhes.

E tu mesma o constróis
na trama de seus laços,
que aos poucos vão tramando
ao longe, traço a traço,
a sua mão de pedra
a faca e o gume exato,
seu grito, sem querer
— e o seu rosto de aço.

Nova York, 1963

SONETOS DE ANTIAMOR

Doce antiamor, não sem amor somente:
estado evolutivo superior.
Se lhes digo como é, pensam que é dor
— mas é ausência de dor, exatamente.

É uma espécie perversa de calor,
que faz viver, embora não esquente.
E é um novo modo de gostar, se a gente
goza, realmente, por não ter amor.

Outros dizem que é cínico despeito.
Mas fico duvidando que em meu peito
possa esconder-se tanto horror assim.

Quem sabe é morte só, definitiva,
e a alma sonhando (porque ainda está viva)
quer ver começos no que é só seu fim.

Out. 1991

ANIMULA VAGULA BLANDULA

A alegria sem fim e o gozo triste
escondidos nas dobras do poema.
O sim e o não unidos sem problema.
E as mãos ao alto, mas a lança em riste.

Ordem no caos, absurdos no teorema.
Visionário, mas cego no que viste,
não vias como, em todo nada, existe
um outro tudo, que liberta e algema.

Ou vice-versa, que as contradições
que um ser te criam, criam juntamente
certa volúpia de não ser ninguém.

De eterno, entre incerteza e negações,
só esta ridícula almazinha ardente,
vágula, blândula, buscando o Bem.

1991

A mesa surreal, esta meseta
ou chapada de tampo horizontal,
o lustro de ébano, ou de rocha preta
— toda a marcenaria mineral

suspensa de uma simples linha reta
Luís XVI da encosta vertical:
é Natureza em sua Razão secreta?
é Razão travestida em natural?

Se nos montes tal lógica se encerra,
quem sabe, a lógica é uma inteira serra
de penhascos, florestas, alusões,

e tudo o que a natura sonha e cria,
lá bem no centro desta Razão fria,
referve e explode em vinte mil Razões?

1988

Quem diria, os insetos da floresta,
que grandes são, em sua pequena dor.
Ou não passa da parte manifesta
nos indivíduos, de uma dor maior

que as camadas mais altas da floresta,
desde o etéreo dossel enganador,
destilam, gota a gota, sobre a festa
incessante do mundo inferior?

Ah não: no chão, o cosmos diminuto
em dor e orgasmo vive o seu minuto,
indiferente ao bosque secular.

A indiferença é que lhes dá grandeza.
Pois sabem que é real sua natureza,
e o mais, uma ilusão, um sopro, um ar.

1986

O BACHAREL

I

O bacharel, à sombra da mangueira,
compondo comovido seus sonetos.
Ao fundo, certamente, escravos pretos.
E um aroma de fumo e bagaceira.

Há a viração no leque da palmeira,
que ele chama "flabelo" em seus poemetos.
Há discursos, girândolas, coretos
e astúcias vis, na mentação matreira.

Súbito, o bacharel que imaginamos
vê que o vemos e em pânico pressente
ser apenas a imagem que sonhamos.

E, em caos metafísico total,
pela primeira vez nasce em sua mente
em verso, um pensamento pessoal.

1984

II

O bacharel de novo se apresenta
a nossos olhos, mas já mais tranqüilo:
fez carreira, brilhou, já se aposenta.
Não sobe mais, nem podem demiti-lo.

Pois vai daí o bacharel se senta
sob a mesma mangueira. Então aquilo
acontece outra vez. É quando inventa
de compor um soneto em novo estilo.

Ora o que escreve? Que ele imaginara,
um dia, um ser desconhecido, e que esse
desconhecido em sonhos o criara.

"Mas esse estranho", escreve, "que diria,
se pudesse pensar, e percebesse
que ele, sim, é que é pura fantasia?"

1984

III

Fomos nós que criamos o gaiato
do bacharel — ou ele nos criou?
De seu tortuoso espírito há, de fato,
vestígios no que somos, no que sou.

Mas nós somos sutis, nós cultuamos
o ideal. Ele é vulgar, rasteiro. — Ou,
justamente, talvez, nós encarnamos
o sonho em que sua mente se alteou?

No seio de uma essência superior,
ali onde as estrelas têm mais brilho
e tudo se confunde em puro amor,

quem sabe — sem mais teatro, ator, papel —
o pano cai, já não há pai nem filho,
e somos, finalmente, o bacharel?

1984

A AUGUSTO DOS ANJOS
no seu centenário

Ah eu te sinto irmão, cada vez mais!
Como estás morto, se de teus axônios
chega ainda essa dor a meus neurônios,
excitando botões e terminais?

Na forma de bioquímicos sinais
estás vivo, e na síntese em que hormônios
fazem teu sofrimento e teus demônios
correrem meus circuitos cerebrais.

São sobras tristes. O teu Eu despreze-as
e das beta-endorfínicas amnésias
recorra ao misericordioso ambalo,

para apagar de vez, no teu Nirvana,
toda lembrança da miséria humana
— e estas pobres palavras que te falo.

1984

Goiás que já meus olhos faiscaram
em tempos de garimpo interior.
Chapada em que meus passos se enterraram:
quem sabe — sêmen — já não deram flor?

Os matos, que perigo lhe preparam
ao intruso caçado caçador?
Que flecha-liberdade lhe disparam
— surpresa de existir, cerrado-amor?

Sete caminhos aos teus pés se abriam,
longe do que és, longe do que és partiam,
para sempre colados, firme, ao chão.

Mas, levantando-te e cerrando os punhos,
embarcaste em tornados, rodamunhos,
palhas, fadigas, que nos ares vão...

1984

Um círculo fechado é só começos
e infinitas entradas potenciais
e seu curvo caminho sem tropeços
quer dizer Sempre, quer dizer Jamais.

E, na circunferência não aberta
à dúvida e imprevistos temporais,
o círculo nos prende e nos liberta
— e repeti-lo é penetrar-se mais.

Por isto um círculo é também surpresa.
Por isto a vida se mantém acesa,
girando em torno ao Ponto interior.

E além do diâmetro de seu calor,
o Nada, de infinito, se reduz
a mero lado externo dessa luz.

1984

Se a carne é o cerne da voragem, imagem
da liberdade e vôo das libélulas,
como conter o corpo, a cartilagem
nesse limite estreito das suas células?

A carne, se voar, vai de ela a ela.
É vórtice, é voar vértice adentro.
É viagem, mas o mundo é imagem: nela
a carne inverte-se e retorna ao centro.

E a carne é estranha, pois sua entrada (entranha)
dá para o imundo, mas esconde o mundo
no fundo, *in mundo*, com malícia e manha.

Se é dentro e fora, se contém contida,
como conter a carne que se assanha
aquém e muito além da própria vida?

1969

EPITALÂMIO

Sem tálamos o talo já fenece,
a espiga enverga, e murcha a haste, o falo.
Sem tálamos a tela se escurece,
sem filme e sem a luz de projetá-lo.

Tálamo é a cama sem escamas, sem
arestas e sem riscos, sem arrancos.
É ludo e é leite, pois é o leito, sem
a dureza das mesas e dos bancos.

Tálamo é cálamo que amor inscreve
— tão breve — na memória do assoalho,
fugaz, suave, como nuvem, neve.

Onde semear, então, pois sem trabalho
decai, não dura amor? Semear no duro
leito da terra: duro, impuro, obscuro.

1969

O GALO

I

Antes de amanhecer quebrou o bico
de encontro aos ferros do portão do dia.
Ergueu a crista incendiada pelo
fogo voraz da selva de onde vinha.

Vinha do céu, do meio da folhagem,
do seio escuro, vinha erguendo dentre
a espora, o derma, os esporões do ventre,
dobras e pêlos — a cabeça alada.

Surgia o galo — ou um corcel de plumas.
Se não quiser amanhecer agora,
não verá dia nem manhã nenhuma.

O galo espreita à orla da floresta.
A brisa toca em seu ouvido, e bebe
um murmúrio de mar, um som de festa.

1962

II

De que era feito o galo? De ânsia, apenas,
sob a pele metálica. E de dores.
O galo era de sal, mas tinha as penas
e o grito misturado nas suas cores.

O príncipe, o homem morto, se estendeu
entre as patas do galo cavalgado
para enredá-lo, mas o galo o espreme
com seu peso de plumas e de orvalho.

Da selva de esperanças grita o galo.
Desfere um vôo louco de repente
e se esmigalha no seu próprio embalo.

Mas voa ainda, e susta o vôo, e trava
o grito no seu bico incandescente
e solta o grito, e se transforma em lava.

1962-1968

III

O galo é o galo. Não insistir mais
nos métodos comuns de decifrá-lo.
O galo é o falo, mas por trás do falo
de que falam, talvez haja algo mais.

O falo é fala, por exemplo, e gala
e gula e gole, e canto nos quintais.
E o canto, já por si, é desvendá-lo
em seu código ou esquema de sinais.

Pois quem define o galo sem castrá-lo?
Ser galo é que é captá-lo: o vosso falo
encolhe-se à medida que o falais.

Queríeis ter o galo sem abalo,
ou possuir o galo sem amá-lo?
O galo já se foi — e ainda esperais.

1968

ARTE POÉTICA I

Arranca, fúria, do meu desejo esta
orquestra, dissolve o tom no oceano.
Arremessa de novo contra a festa
do mundo um mar amargo, um mar humano.

Contra a corte de pedra. Quebra a pedra,
a máquina, o quadrado. Em som explode o
jardim geométrico. Enxurrada, leva
ao menos sangue à construção imóvel.

Rei, vamos detonar a pedra, para
detonar, detonar, detonar, para
detonar. Talvez a pedra chore.

Vem, povo, para a festa, pisa no
jardim geométrico de o rei passear.
Estoura o poema. Inunda-o com teu mar.

1963

Palavra arremessada à tela, como
um crime se arremessa, uma certeza.
Imprime-se: existiu. Imagem: logo
existência maior que a natureza.

Infames visitantes do museu!
Queríeis ouro nestas velhas lavras.
Ou queríeis amor, audácia. Eu
só tenho pedras, não queirais palavras.

Eu tenho amargo. Não queirais Lenora
nem a certeza acumulada em vós.
Eu tenho um antiamor. Vós estais fora

do mar que naveguei com minha voz.
Mas solidão sereis, como eu, no fim.
eu tenho Amara. Vêde o sal em mim.

1962

Eu te dei terra onde enterrar teus ossos
e mais ponteiros que o relógio tinha,
para marcar uma hora de destroços:
não essa hora de todos, mas a minha.

E depois te cobri com não ter panos
e fiz-te andar, porque roubei teu solo.
Deixei-te jovem: avancei teus anos,
e a dor do mundo arremessei-te ao colo.

Traz-me tua morte, para que a destrua.
Chega teu rosto, porque falta ungi-lo
com minha morte, que nasceu da tua,

pois sou tua sombra e teu algoz tranqüilo.
Tão tua sombra, que sou a noite escura,
e tão tranqüilo, que já sou loucura.

MIOKINÉTICO

Para talhar em lascas o cristal
do mundo, cortar jade para o templo,
posso-vos dar a mão direita, mas
não sei se a esquerda vai seguir o exemplo.

Para apressar o sol e o movimento
do mundo, atá-lo em eixo e céu mais firme,
posso-vos dar meu pensamento, mas
o coração, não digo que o confirme.

Posso-vos dar eu mesmo dividido
em deus e barro. Posso dar-vos sonho,
mas não vos dou os dedos de esculpi-lo,

pois meus dedos não ficam onde os ponho.
E seu rumo perfeito vão lavrando,
e não são eles, nem sou eu que mando.

1962

Essa infanta vestida de cachoeiras
de gaze roxa, ereta no espaldar,
sua dor de mogno, o tempo nas olheiras
onde a tarde se entorna devagar,

— essa infanta há mil anos ergue o cetro,
não pode erguê-lo mais, nem abaixá-lo,
porque sua carne faz-se opala e cedro,
e sua memória, a trama do baralho.

Dama de paus, violeta de genciana.
Entre valetes de madeira espreita
o tempo frio que a loucura emana

e o leque de esquecer que a mão direita
finge oscilar, e é dor a seda preta,
e amor o gesto imóvel com que abana.

1962

O olho eterno, deslumbrando o caos,
iluminava as coisas decaídas:
palha do trigo, asa do jarro, barro
de solidão, gritos do amor partido.

O olho girava no esplendor da órbita.
Não queirais ser a luz que ele esplendia.
Girava a pétala em redor dos mortos.
Não queirais ser o Dia além do dia.

"Quem como Deus?" eu ressoei no espaço,
para o peixe do mar, para os arcanjos
do mundo, para a força no meu braço.

O peixe me escondeu em suas escamas.
O braço em asas transformou-se. Os anjos
brotam dos montes. Salamandra em chamas.

1962

Gazela rápida, esvoaçada em tiras,
no corredor das dunas estonteando
exausta, mas esquiva-se ao delírio
com pés finos, na areia esboroando,

ao sol que oscila, com agulhas com
que finca de loucura o mundo, a faca,
a sequidão, arrisca-se, equilibra,
alucina de sol. Súbito estaca:

dispara-se, donzela solta lula
esfarrapada, esta donzela que
a morte envolve com suas farpas, pula

espetáculo, agílima, espetáculo,
agílima, espetáculo com que
se precipita para além de mim.

1962

Melhor que sobre as ondas: sob o teto,
ainda que não molhem nossos pés.
Melhor que amor: um gozo mais completo
que ser, um pouco apenas, quem não és.

Melhor comer silêncio. Ser o morto,
em vez de ser o riso que ele come.
Melhor a terra que guardar teu corpo.
Melhor a laje que fechar tua fome.

É melhor que teu braço desespere
do que forçar a chave do vazio.
É melhor que teu passo não se altere,

melhor que bebas, sem passar o rio.
Ou ir caindo, ser a água imensa
e o mar total, uma água imensa e densa.

1961

Havia aqui uma festa do mundo.
Onde esta pressa era um rumor de barcas.
Era embate indolente, era o noturno
marulho. Hoje não é, pois eram águas,

Hoje é lembrar-se de ter sido vela
e ter-se feito ao mar — deserto adentro.
Pois a praia, na frente da galera,
corria mais que a vela e seu alento.

Águas não são para quem leva um barco
de mortos que demandam sepultura.
Seu peso inclina para um mar mais vasto:

mar de esquecer, dentro da terra escura.
E nós também à terra. A água foge,
deixa seu sal, e este morrer de hoje.

1961

Já vinha o peregrino carregando
num jarro estrelas, na mochila o céu
dobrado, para desdobrar-se quando
o espaço nu lhe suplicasse um véu,

enxuto para ser molhado, se
a dor quisesse chuva. Se o Senhor
quisesse orvalho, o peregrino se
orvalharia sobre cada flor.

Levanta-se a neblina vagarosa
esgarçada nos olhos do romeiro.
Incrustada nos olhos, outra rosa,

além da rosa que ele foi primeiro.
Depois a noite. Um rouxinol de pranto
— depois a morte — soltará seu canto.

2.º sem. 1960

Os príncipes disseram: "muito longe".
Não houve pedra e cal para calá-los.
Porém as pedras responderam onde.
A terra abriu-se e germinou cavalos.

Nós éramos o anseio de montá-los.
Se eram a flor, o ouro, o arfar do mundo,
nós éramos a mão de governá-los.
Agora: a calma líquida do fundo.

Agora, esta medusa. O barco, em cima,
despega da gomosa superfície.
No fundo, um hipocampo já se anima.

Ah, talvez o cavalo me iludisse,
não fora a solidão em seus refolhos,
o peixe na garupa, o sal nos olhos.

1960

Antes da noite um grifo se levanta
com língua de betume e a tarde engole
ou prende na garganta — e canta, canta,
até que ela no canto se evapore.

Depois espera que se desenrole
a noite, frágil folha. Avança, adianta
a língua e amassa o pergaminho mole
e molha-o que escorregue na garganta.

Por isso não há noite. Há só gargalo,
o gorgolejo, o gorgomilo. Mas
o gole, sobretudo, e seu regalo.

A noite é deglutir. É só desejo
de engulir mortos e dormir em paz.
Mas, engulida, a morte cresce mais.

2.º sem. 1960

Nós viajávamos no reboque, entre
a mata e sobrancelhas da noite,
espessas, penetrando no vagão
e um jorro de luas e esquecimento

penetrando, penetrando. Nós não
voltaremos. Estes insetos frios
penetrando. Esgueira as antenas, vibra
pela frincha, mariposa de sono.

Não voltaremos para a valsa. Não
voltaremos a Minas. Não se volta
jamais. E a fotografia resvala.

Cavalos soltam-se na noite para
sempre. Monjolo de silêncio, apenas
o inseto imperceptivelmente move-se.

2.º sem. 1960

Longe, na cerração, quebrou-se um pólo,
e foi sorvido o gelo, terra adentro.
Eu quis andar e não achei mais solo.
A terra enorme busca um novo centro.

Eu quis comer: deram-se lama e fogo.
Dormi no espaço. Reservei vazio.
Se tem que vir, meu Deus, que venha logo:
melhor é a dor, melhor que o medo frio,

melhor que te temer assim suspenso
do nada ao nada, sobre a solidão
de te saber oculto no que penso

e ver teus dedos, sem te ver a mão.
Oleiro, oleiro, que quebraste o jarro,
faz-me outra vez: olha que sou teu barro.

1960

Domingo sem alma, a festa do mundo
tão esquecida, sem retretas, sem
ouro dos festivais, missa que soe,
pedras que o marquem, mas remorso, apenas,

de tempo haver e de o não consumirmos,
na espera, sempre espera, que se esvai
em lajes e telhados dissolvida
na chuva leve que os serões afaga,

e envelhece num sopro ou num bafio
de velas fumarentas, giro enorme
mas impalpável, que ninguém pressente

nas salas abrigadas, nos alpendres
onde as conversas vão morrendo, e cresce
um mofo sem paixão entre as vidraças.

Jan. 1960

ARTE POÉTICA IV

Ah outra vez parnar, ginasianos,
estes sonetos feitos só de cores
e formas para os olhos, esplendores,
palpáveis flores, suntuosos panos

— sonetos que se amassem, de escultores,
que se agarrem, com dedos bem humanos,
e arquitetar volumes, lumes, planos
de joalheiros, de ourives, de pintores.

Ver cataratas de azul, ouro e neve
jorrar da vida — cornucópia breve —
pétalas, rosas, carmesins, turquesas,

e o poeta mísero, em secretas lavras,
fundir a alma de todas as palavras
num delírio de jóias e surpresas.

Agos. 1993

AENEAS

I

A périplos e eneidas condenados,
de agora até o fim navegaríamos,
para esquecer na praia nossos Príamos
e Heitores para sempre derrotados.

E, como se tivesse havido Príamos,
o que se vira — ou não — já repetíamos
em pranto: derrotados, derrotados.

Batia um sol arisco em nossa vela
e em faíscas no mar estilhaçava-se.
Partia-se em mil gritos. Se o marulho
"Tróia, Tróia" no casco ressoava,

que lágrimas ferviam no marulho,
que farpas — era um duro mar de orgulho
e nas quilhas da morte estilhaçava-se.

Ah, ao toque de um só remo estremecia,
e como o dorso líquido arqueava
o amargo mar Tirreno — mar terreno,
que perigos do fundo te salgavam?

Em meio à terra má, Mediterrâneo,
que meditas, que medo subterrâneo
nas cavernas do fundo te salgava?

Medo é o da neve, vendo o céu rachar-se,
estremecer a máquina dos pólos
e a abóbada partida desabar.
Medo é o da nave que pensava em Tróia,

vendo fechar-se a escuridão das vagas,
o Nada em jorros arrancar-lhe os mastros
e a lembrança de Tróia desabar.

Tróia gaza per unidas! Sim, nós vimos
a lavoura do sol no mar dispersa,
a verdade de sal em nossas mãos.
E as gemas, e o marfim, e dispersar-se

o tesouro de Tróia sob as ondas
— a certeza de Tróia desmontar-se,
peça por peça, engenho de artesão:

"Houve uma Tróia? Que Dardânia nossa
é rumo e Roma em nós, em nossos pais?
Sem nume ou nome, que será de Enéias
— despojado dos próprios ancestrais?"

Sem nume ou nome, não há rei nem remos:
só um mar sem fim entre esses dois extremos:
não-houve-nunca, não-existe-mais.

II

Se alguém te perguntar o fim de Príamo
qual foi, naquela noite que se alonga
— foi a força do Pirro que surgia
resplandecendo numa luz de bronze,
foi a espada no flanco e foi a ira
dos deuses: tronco nu, corpo sem nome.

Se Dido perguntar o fim de Príamo,
dirás que viu o horror, o fogo em Tróia.
E, se ela perguntar, dirás que viu,
que viu seu ser — no já-não-ser — em glória.

Mas quem perguntaria pela história
desfeita antes de ser, e alimentada,
viciada, roída, penetrada
              pelo Nada?

III

Desde o cabo de Não Houve
à terra do Não Há Mais,
era preciso uma ponte,
cinco mil metros de cais,
cinquenta nós de firmeza,
mil jardas de madureza
para vencer temporais,
a ponta, a pata, a dureza,
o ferro, a faca, a frieza,
desumana natureza
de homens-recifes-corais:
homens-mares-glaciais.

Pois sem nome ficaremos,
não Lemos, nem escrevemos
— nem de outro modo lutemos:
fiquemos junto do cais,
do pão, do papa, dos pais.

Mas como quem não está mais.

IV

Meu Deus, mas era Tróia bem-amada! E nada
vale este rei sem grei, o odor sem flor?
E a aurora que não houve não perdura,
sem peso de existir, identidade pura,
essência nua, amor, amor, AMOR?

V

Amar
a rosa não, mas
a pedra.

Amar
a paisagem não
(através da vidraça), mas
o vidro.

Amar
a vida não, mas
o ruído.

Amar
o verbo amar, o amor
sobre si mesmo refletido.

Amar
o próprio a-
margor
de estar em si contido
(ou num vaso, onde for:
dentro de si repelido)
e destilar, de si consigo, um novo amor,
que chamamos olvido.

VI

De civitate nostra exivimus,
opprobrium nostrum portantes.
Expectantes. Porta, antes.
Depois: vazia comporta,
exausta esperança, morta,
condenados caminhantes.

Dados. Condão. Caminho-antes.
Condados têm que ser dados
antes de ser conquistados
— com brasões, armas falantes,
mais que com lanças e espadas,
elmos, escudos e guantes.

E aquele que, em toga ou clâmide,
ou do alto destas pirâmides,
foi a própria dinastia
— decerto alguém foi seu guia.
Só para si — quem foi grande?
Sozinho — quem lutaria?

Mas da Cidade saímos
— da ácida idade — meninos,
carregando nosso opróbrio:
bem que fosse nosso prórpio
— ainda que pobre e mofino —
patrimônio, único e sóbrio.

Que solidão foi seu troco?
Que liberdade tão firme
para firmar-se em tão pouco?
Quem foi seu próprio contrário,
solitário, solidário
espelho, menino louco?

Quem procurava ser outro
(mais que seu outro) no amplexo,
inverso não, mas complexo
dois-em-um, sexo-reflexo,
uno, total, verso-anverso
gotejando, oceano emerso?

A ser mantido, mentido,
quem preferiu seu amargo?
Quem de imago fez amigo
e dele fez seu salário
— sal hilário, imaginário
céu, abrigo, desabrigo?

Ó Tróia, infância, Numância,
Cidade de tantas portas.
Por qual delas sairia,
se governasse seus mortos,
esse que vai clandestino
— sozinho até na derrota?

VII

Clandestino. Clã: destino.
Que pode o menino
fino
contra o mundo a quem importa
pouco
ele ser fino ou ser louco?

Que Numância, nume em ânsia,
pôde perder-se à distância,
deixando o sobrevivente
crente
em seus padrões de elegância?

— Agora o menino
jura
engrossar tanta finura.

— Agora o menino
pisa,
Mas o chão vira uma água lisa.

— Agora o menino
grita,
mas a montanha não se irrita.

Quando ele canta, a alma emperra na garganta.
E só agora,
quando já é tarde, é que o menino
chora.

VIII

Além da ponte,
como outros barcos,
vai navegando
o menino louco
— de louco muito,
de morto um pouco.
À frente a névoa
estende um arco
de sonho e treva
para que passe
além da névoa,
para que passe
além dos homens
e seu compasso
de vida, vida:
"Nesta cidade,
a morte infiltra
pelos sapatos.
Dissolve os pés,
sobe à garganta
e morrem, morrem:
dizem que cantam."

O som do mundo
cresce na ponte.
Compara as mortes
o menino louco.

Em cima a dança,
o som dos carros.
A deles, fútil,
a sua, amarga.
A deles, ríspida,
a sua, calma.

A sua, sábia.
Para o mar alto
nuvem de abelhas
empurra o barco.

IX

Empurra o barco
e Marco
Polo a que pólo
ou charco?

Para que império
sério — ou que empório
de lusa ex-quina, mesquinglório?

Ou para além
do mundo
e mais aquém: mais fundo,

como quem sonda,
por sob a onda, e desvario, o desconforto
das profundezas de seu próprio porto.

X

As profundezas são do próprio corpo.
Corpo de quem? É tudo igual:
tesouro e entulho em cada qual.
Mas não há corpos que parecem
de uma igualdade especial?
Não o modal, nem o normal,
nem o modelo e coisa e tal,
mas algo humilde que semelha
a força austera do animal,
que não se sabe especial
(e que por isso mesmo é igual
— na bela igualdade carnal).

Este é o verdadeiro despido:
parece nu, mesmo vestido.
É o que escapou, não sei por qual
meandro sócio-cultural
— desde Cabral a João Cabral —
à tal essência espiritual
(assim chamada, e muito mal,
e que vem vestida, investida,
de óculos, gravata, jornal).

E é este o que, embora submisso
a tanto jugo brutal,
tem o pescoço rijo, livre
desta cifose cervical

que marca o verdadeiro escravo
e não marca o servo acidental
e vem de usar, com persistência, o tal
colarinho, que é a verdadeira
canga, coleira social.

E é um corpo que, magro, extravasa.
Não para fora, como espuma
esperdiçada pelo bocal,
mas para dentro, onde captura
a força, a vida universal.
E, vazio sendo de si mesmo,
cabe ali dentro o exterior total
— câmara escura, musculatura,
ventre-kodak hologramal.

Será este o corpo que não comeu
da árvore do bem e do mal?
Será o que estava aquém, além
da consciência pessoal?
Ou simplesmente não acedeu
a uma arrogância ocidental?

Só sei que seus braços são livres,
devido ao trabalho braçal
e, embora pareça que o entrave
certa atitude marcial,
sei que é assim todo animal
na selva, em conflito geral.

E como seu corpo explode
na roupa, a que não se amolda,

cria ele sua própria moda
(não vestuária, mas carnal)
de um corpo que não sai de moda,
pois lá, onde habita, em todos
a antropologia é igual
(ou assim parece, devido
ainda ao trabalho braçal).

E é igual desde a taba e da aldeia
— a índia Amazônia ilegal —
à casa de taipa e no meio
do pesadelo policial
em Baixadas de baixo astral,
de onde continua baixando,
numa estranha elevação social,
à subida dos morros, descendo
— já em escalada horizontal
em direção ao capital —
por linhas de trem que derramam
nas plataformas da Central
milhões desse corpo igual.

E então, por mais que se divida
em mil diferentes destinos,
por todos eles ele é igual
corpo, de carne, carnal
— embora liso e fundido
em perfeição de metal,
embora em geral fugido
de tais senzalas que exigem
do corpo que sobreviva em
dureza afro-mineral.

E é assim que às vezes entrevemos
sua macia carne metal,
e por certo rasgão a entrevemos
(que imaginamos acidental)
em seus trapos, se acaso emerge
de alguma obra municipal,
das entranhas do ilé subido,
das entranhas do asfalto, cozido
em delírio de sol e sal
na culinária engenheiral,
e no alcatrão vai recozido
o próprio cozedor, tingido
de piche, azeviche, e escondido
em palha ou capacete banal
o rosto, e o corpo pendido
— dança, sem o saber, possuído:
involuntário Omulu ancestral.

Este é o tesouro sob as ondas
desta sondagem corporal.

E se nos faltam mais raízes
em corpo ou espírito portugal
— de qualquer jeito é este o corpo
nosso, secreto, abissal.
De qualquer jeito é este o porto
ou âncora, grande raiz vital
onde repouse o nosso barco,
    e já percorra,
ingênuo e livre, o seu canal.

XI

Negro índio, negro indo,
negro vindo, talismã:
mistério inútil se abrindo
naquela manhã.

Havia a fruta madura
na volta da feira, havia
todo o frescor da manhã.
Havia fome e fartura
e coisas ambas, ambíguas,
na cornucópia se abrindo
daquela manhã.

Havia o mundo se abrindo
numa Criação temporã:
era a criança se abrindo
naquela manhã.

Havia frutas e negros,
caleidoscópio, abundância
de partida romã.
Então veio o negro vindo,
então veio o negro víndio
— neige negra d'antan.

Veio o verão inserido
nesse frescor da manhã.

Havia o fruto pedindo
"engole-me ou te devoro"
— naquela manhã.

E, embora
com tanto riso se risse
a risonha manhã,
sei que não houve sorriso
nesse encontro pé-de-lã:
houve o mistério se abrindo
— houve a maçã.

Mas já vinha a longa tarde,
suas longas estagnações.
E baixava a tarde-pântano
que os frutos apodrece
sem refeição.

Vinha a tarde-arcanjo
com seu passo lento
de condenação
que frutos, crianças
vai apodrecendo
na alta mansão
(cauta prisão).

....

Então o negro foi indo,
procurando outra manhã.

XII

A manhã dos brancos
começa de névoa.
Tem banheiros, missa,
coisas de lã severa
— tem frescor de névoa.

A manhã dos brancos
não tem cor, é neutra
nos menores gestos,
vai do branco-e-preto
aos tons de pastel.

É manhã-limpeza
rescendendo a névoa,
pastoral-campestre,
oca framboesa,
a manhã dos brancos,
quando vão à missa,
no entanto rescende
a perfume e lã
(com discreto ranço
quando no cinema).

A manhã dos brancos,
quando vão à praia,
tem Sun-tan, tinha Pond's.
Cheira a pepinos.

A manhã dos brancos
é superior
praticando tênis:
rescende a borracha
— quiçá gasolina? —
que perfume desprende-se
de suas partes íntimas?

Sem dizê-lo, vamos
aos outros sentidos.
A manhã dos brancos
sabe a hortelã.

(Não sabe a álcool:
de manhã, os brancos
só no folclore
tomam champã).

Sabe a chicletes.
E, bem mastigada,
a manhã dos brancos,
como o tablete asséptico,
reduz-se, modesta,
a sabor nenhum
(de papel, se tanto).

É macia ao tato,
sem levar-se em conta
rugas, plásticas vãs.
(Acnes e cravos
sempre um pouco toldam
a branca ilusão

da manhã dos brancos
— e algo roxo-azulado,
como nos tecidos
degenerativos).

Assim definida,
que riqueza habita
a manhã dos brancos
e nos faz, de longe,
babar de inveja?

Éden piscínico
de condomínios,
tresandante a cloro?
Nu matinal
de executivos?
Nós de gravata?
Passagem aérea?
Ou cabelo-ao-vento-jovem-casal
— TV-bobagens?

Meu Deus, só isso?

....

A manhã dos brancos,
por dentro, é vazia
— ou sequer existe:
cada um vê nela
o que bem quiser.

XIII

Em troca do denso, escuro
mistério do seu pentelho
— nosso azul rosa vermelho.

Em troca da dança criança,
de deuses, não de mortais
— nossa porcelana e chá.

Em troca dessa alegria
que bola, explode, rebola
— nossa distinção, escola.

Em troca da força farsa,
força-expressão dessas máscaras
— nossa perfeição de clássicos.

Assim, à África, Europa
dizia, da nau à praia
— assim da sala à senzala.

O menino não diz nada.

(Nem há troca em seu abraço:
com sua verdade inteireza
antes de o terem cortado
— faz parte de ambos os lados).

XIV

Como o cortaram em dois.
Consigo mesmo
se juntará depois.

Vai procurar a cara
metade escura, a clara
verdade dois.

XV

Na praia quem nos espera
— ou na vida — negro ou índio?
(Negríndio)

Por fora da caravela
há um novo mundo explodindo?
(Negríndio)

Por dentro da Europa hermética:
o tédio do orgulho insípido.
(Negríndio)

Por dentro, as roupas e os ferros.
Lá fora, os nus, a água límpida.
(Negríndio)

E em todos o selo impresso
do inevitável destino
(Negríndio)

— os nus, vestidos e a ferros;
os mais, por dentro partidos.
(Negríndio)

(E os disfarçados, misérrimos
gritos do amor impossível).

XVI

Prestes a desembarcarem,
nesta viagem interna
— como reage o índio
aos da caravela?

Saberá que o nauta
já pertence à terra?
E que é toda viagem
já de si regresso?

E, como é Lavínio
o voltar de Enéias,
são aqui tais Índias
nosso recomeço?

Entre grossos troncos
escondido, o índio
nada sabe: espera.

Com agudos olhos
de avaliar objetos.

E, sem ter moedas,
vai pensando em preços.

XVII

Elas passeiam seu cheiro de seiva
como enormes árvores noturnas
que se espalhassem (brotadas do estreito
espaço entre o meio-fio e a rua)

pela calçada, onde estão em sua pátria
livre e maior do que o universo
— sem a porta mesquinha das casas,
sem sobrenomes ou portões de ferro.

Tantas vezes já romperam laços,
cadeias, e pularam muros,
que a imagem do esforço gravara-se
em sulcos nos seus rostos duros.

E é por isso ainda que ostentam
esse perpétuo olhar fugitivo
de quem tem o mundo no encalço
— e não acreditam ter fugido.

E por isso continuam em guerra
embora ninguém os persiga.
Nem ouviriam, se disséssemos
que para todos há só um inimigo

e que eles e nós navegamos
na mesma calçada terrestre
e que há sonhos e dores fantásticas
sob nossos ternos circunspectos.

Mas olham para nós com seus olhos
de avaliar qualquer objeto
e nosso amor transformam em bruscos
gestos de absurdas marionetes.

XVIII

Que mistério é esse, o índio,
aparecendo e sumindo
numa selva pubiana
ou aberto, em campo limpo,

em chapada ou tabuleiro,
onde seu corpo se estira
— prolongamento da terra
feito de vórtice e umbigos.

Entre capoeiras e axilas,
que mistério é esse, o índio?
— criança cheia de setas
e explicações emergindo.

Criança cheia de dança:
colado ao peito, estrugindo,
não ouves um baile interno,
o poracê clandestino?

É a festança da floresta,
a explicação entrevista
no mato, por duas frestas
onde brilham seus olhinhos.

É o conluio com os jaguares,
o pacto com o sol a pino.

E uma transfusão de seiva,
fusão de sangue e resina,

é o que ouves quando te inclinas:
uma pulsação secreta
de liberdade intestina.
Sangue de onça e gramínea.

Pois tal feitiço ecológico
atou à selva o silvícola,
que a lógica antropológica
de nossas mãos mal distingue

— no encanto, no lusco-fusco
desse intercâmbio tão íntimo —
se é o índio dentro do mato
ou o mato dentro do índio

(e em todo caso vão indo,
com brancos dedos tão lisos,
entre cipós que desgrenham
— e por igapós se embrenham
nas profundezas mais virgens).

XIX

Mistério muito maior
que o do índio é o sertanista,
que é como um capitão-mor
— sem direito de conquista,
sem direito de ser mor
— sequer de ser capitão,
porque assusta e dá na vista.

E também não é dos índios
que vem o maior perigo.
Embora cace na selva
e pareça que os persiga
— o índio em geral conhece
quando o caçador é amigo

(e até mesmo, antigamente,
já vinha logo pedindo
compensações, rangos, mangos,
facas, anzóis, espelhinhos).

Mas vem o dito perigo
de certa pura ternura
que na selva não se atura
e o caçador traz consigo.

E então, este sertanista,
quando quer atrair índios,

começa por desprender-se
desta ternura e despi-la.

Mas é fatal que em seu corpo
e espírito ainda persista
algo estranho que, na selva,
denuncia o sertanista.

Será que é certa impostura
no amor, na voz insegura?
Um ímpeto, um quê de artista?

Sei é que o caçador, para,
emaranhado na selva,
não afugentar a tribo,
tudo que é seu mas é falso,
ou não é seu, vai despindo.

E se até o fim fosse indo
de tal total stripitise,
neste mostrar-se por dentro,
lá bem dentro mostraria,
(para surpresa da selva
e do selvagem que o observa)
lá bem no fundo: outro índio.

XX

Eis seu mistério e loucura:
já ser o que ele procura.
Mas não sabe, e não se atura.

Se desespera, qual fera
forçada, na jaula-espera,
a ser outra criatura.

Forçada, na cela, a sê-la,
prisão, igreja, capela
— quando só está dentro dela.

Não sabe, mas sente a tela,
limites do seu viveiro,
e só intui o cativeiro

quando ao voar, bater nela,
se vê como algo diverso
deste seu corpo-universo.

Pois não é seu corpo inteiro,
é só, dentro, um prisioneiro
— e algo a si mesmo
realmente estranho
se não consegue encher-se em todo o seu tamanho.

XXI

Sou uma coisa livre, solta lá dentro
que às vezes tímida esvoaça
e se debate no espaço interno do ventre
— interno do corpo, que é como sua vidraça.

Ou por timidez realmente, ou por pirraça,
há dias que essa coisa entra mais dentro,
encolhe-se e recolhe-se ao seu centro,
quietinha, imóvel, enquanto a vida passa.

Põe-se à vidraça como donzela triste, ou viúva.
O tempo e a vida ficam lá fora chamando
para onde não há coisa livre, há sol demais, há chuva:
a coisa não se atreve, e vai ficando.

Vai ficando mais só, no seu isolamento burro.
Só sei que não morreu porque às vezes estira
bem de leve uma asa, e suspira, respira,
de leve. E isto sou eu: uma asinha, um sussurro.

XXII

Por fora é o sussurro,
por dentro um urro,

é a calma fora,
por dentro um vento,

pão bolorento,
por fora o alimento,
por dentro a escória,

por dentro a glória
também, e o aumento,
sutil fermento,
por fora a memória
— esta, sim, escória —
sem movimento,
ou lento.

Por dentro atento
— torre de São Bento —
livre, sedento,
por dentro solto,
por fora morto,
por dentro torto
— mas nunca morto.

Porém uma hora
virarás do avesso,
torre de São Bento,
(mas não já agora):
por fora o dentro,
por dentro o fora.

E até essa hora
(sei que ainda demora)
vão tocando, toquem
 a bela viola

— divididos vamos,
e até lá agüentamos
o esquizo-tranco:
por dentro o preto,
por fora o branco.

E isso até o ferro
nos ferir de fora,
até o erro
nos levar à fome,
isso até a fome
revelar o homem,
renegar a esmola
e
             (escola)
até a sede

derrubar paredes
— ou o corpo morto,
largando o porto,

                    o enterro,
            largando o sussurro,
            soltar o ferro

            soltar o berro,

            e o
            murro.

XXIII

Dentro de nós há o id.
Dentro de nós há o índio.
Fora das normas de qualquer compêndio
— dentro de nós há o incêndio.

Mas não causa — e é isto que estranho —
não causa, apesar do tamanho,
maior estrago este incêndio
que o estrago que vem do compêndio.

XXIV

E o índio real? Não o símbolo carnal,
mas o piloto, deputado federal,
que foi direto da pureza inicial
para o sucesso intra-inter-nacional.

O que é modelo de finura e de ironia,
que vence o branco pela astúcia e picardia,
com renda e chão que qualquer um invejaria
— e novamente todo dia é já seu dia.

E, se ainda vejo massacrar tribos inteiras
por garimpeiros, generais, frentes pioneiras
— modalidade atualizada das bandeiras —
com a mão suspeita de ministros, madeireiras,

ainda assim já começou uma nova era
e nem são brilhos, espelhinhos que ele espera
(nem estão mais entre os problemas de sua esfera)
mas sim do sol da liberdade a luz severa.

E, desenhando-se entre as cores dessa aurora,
timidamente um nome surge e o sonho aflora:
"soberania", quer dizer, não laços fora,
mas laços dentro, onde o passado, o sangue mora.

E, sem saber, é este o sangue que ele bebe:
de Piragibes, Surubis e Sorobebe,

e de Boipebas e Ubajaras, Cunhambebe.
Deles o fel, deles o fogo que recebe.

Pois bem, aqui nos separamos, índio novo?
Deposto o véu de fantasias que removo,
agora, sim, és índio só, índio de novo,
índio real, mas não és meu, nem sou teu povo,

não és aquele que eu buscava da cidade
— planta, animal — mas índio-imprensa, índio-vaidade.
Que tens comigo, ou eu contigo, índio-verdade?
que pode haver neste meu sonho que te agrade?

Porém não sabes que — real — és vácuo e frio:
sou eu teu ser, sou o enchedor de teu vazio.
Eu te completo e te interpreto. E já te envio
neste meu rap o meu recado e desafio.

Escuta o som das onus-ongues que te aclama
com seu poder, mas não esqueças quem te ama
de um outro amor, que não promove, mas inflama
— flecha-calor, sangue-jaguar e carne-chama.

Volta e conhece a tua secreta natureza
em nosso olhar que te deseja e que a tem presa.
Vê neste espelho uma surpresa: que és beleza.
Vê em nosso olhar tua liberdade e carne acesa.

Ser livre é ter no mundo inteiro a própria festa
— é ser o ser dos outros seres da floresta.
Não ter sem ser: eis teu mistério, o que te empresta
nobreza ao corpo, a só riqueza que te resta.

Vive tua selva — externa e interna. A ser banal,
melhor é a dor, melhor a força do animal.
Se és liberdade, vive em nós, livre e integral
— e, enfim, de novo como símbolo carnal.

XXV

Nesta primeira parte da viagem
já descobrimos o que havia dentro:
falta assumir o novo centro.

Quer dizer, falta tudo ou o principal:
empurrar a massa do oceano,
mover os pólos, abaixar o pano
da comédia social.
Falta repetir tantos passos,
em quantos paços, repartições
errando, e repetir êxitos crassos,
e no íntimo mesmo dos fracassos
achar vitórias, consagrações.

Falta inverter o mundo e o céu mundano,
ver nele o dano só, e o céu no humano
liberto de óculos, gravata, idade
(artificial, grave
                idade),
servir o servo: em interior
        ran-
        cor,
cuspir no rosto do senhor.

Falta sofrer o tempo-tempestade
perder todo resquício-identidade,
        resíduos,
        majestade.

Sair do sério
— a sério:
falta assumir este mistério.

XXVI

Cortar tal parte de si próprio,
aquilo que não é o caroço,
que é mais de fora ou nem é nosso,
não é doloroso,
ainda que impede
o perfeito gozo.

Cortar a parte ainda boa,
burguesa cara-coroa,
talvez nem doa,
bem que lá fique, sozinha,
a máscara, rindo à toa.

O colarinho, do pescoço,
fácil é tirar, sem esforço,
e o anel, o doutor, o terno
— difícil é tirar o corpo.

(Bem que ele é igualmente externo
e, estranhamente, não é nosso.
E é só a pele do tremoço.
A parte externa do caroço.)

XXVII

É como olhar seus próprios olhos,
despir-se do próprio corpo:
porém na selva é isto a parte
essencial de nosso esforço.

E este no mar é nosso lote:
abandonar o próprio porto.
E navegar é renegar-se:
ser, tentativamente, o outro.

XXVIII

Não descobrir, mas descobrir-se
é o que faz o navegador,
o sertanista aventureiro artista
— o caçador.

Trazer-se da caça a si próprio,
como caçado, no bornal
— conquista, literalmente, pessoal —
é isto a sua essência nobre,
o que o distingue do animal.

XXIX

Mas há momentos em que já não se erra
mesmo em internas
eternas
navegações
— quando o navegador pára e desce à terra
vindo do céu, e a ascese
encerra,
a plantar marcos, chantar padrões.

Há momentos em que já não impera
a fome de ir além, e as lentas
introspecções
o nauta encerra para vir à terra
fruir os frutos
da guerra
— sem altas autoconstruções.

É quando ao magro botim
se aferra
e olhando em torno sente sua toda a terra.

Sem rumo ou Roma, é livre o nauta.
E os olhos cerra
e dorme, ao sopro imenso das monções.

XXX

Não queiras, ó Dido, saber a agonia de Tróia.
Por que (scire nefas), se os deuses, do herói, ocultaram
nas dobras do nada a memória do dia nefando,
por que perguntar? Já é tarde. E, ludíbrio dos mortos,
ou nautas sem causa, dementes e cegos vagamos,
exaustos, em naves jogadas de um pólo a outro pólo.

Já vês que uma pena de olvido, decreto dos manes,
nos leva, inscientes, ao louco roteiro sem volta.
Voltar para onde? é o passado vazio que interrogas:
quem dera nas praias do tempo que houvesse uma Tróia!

Assim o banquete seguia nos túneis da noite.
Assim a rainha bebia — *bibebat amorem*?
Sorvia o veneno das mortes alheias
e da alheia sorte:
não queiras, ó Dido, em teus braços o herói sem memórias!

XXXI

Fecha-se a porta, não se fecha o mundo.
A porta, só. Não o temor de abri-la.
Não se fecha a memória que há no fundo:
não basta amor, para deixar de ouvi-la.

Eis solidão: mundo babel, marulho
de medo e mortos, no seu búzio rouco.
Não é que seja apenas um murmúrio
— é por ouvir-se, mesmo assim tão pouco.

É por temermos que memória faz
estarmos sós. Não há esperança pura.
Trago-te solidão. Não queiras mais

do que esperança e mortos de mistura
(ainda mais mortos que esperança, pois
a morte, num só barco, leva os dois).

XXXII

Memória leve,
nem é memória:
o fato mínimo,
suspiro história.

Lembranças vagas
ainda seriam sólidas,
comparando ao tênue
vestígio tróia.

Curioso haver medos
nascidos do vácuo:
do nada, tal ruína
e morte alastrar-se.

Ver no dia trevas.
Escutar, na calma,
derrotas e gritos
que o silêncio exala.

Um dia entraremos
nesse quarto escuro.
Então os fantasmas
num jorro de luz

vão evaporar-se?
Ou, muito ao contrário,

vão mostrar-se, aí,
puro osso e carne?

No final da viagem
o horror é explicado?
E o inimigo vai
ser também palpável?

Enquanto não chega
esse fim verdade,
e procura o nauta
raízes, fados,

vamos contemplando
todo o universo
que desfila ao longo
do estranho, íntimo

roteiro inverso.
Desde o fim-começo
ao louco vai-e-vem
da dor-trajeto.

Quantos portos, tribos,
proibindo os mares.
Quantos povos-ilhas
já de si fechados.

Tudo, em desafio,
cerra-se ao comércio,
abre-se à conquista.
Mas, sozinho, o nauta,

sem pensar em tiros,
no convés debate-se,
em secreta esgrima
com milhões de nadas.

XXXIII

O nada é esta gaiola imensa
onde ninguém canta, absolutamente,
gente nem ave, de onde não escapa
vôo ou gemido de prisioneiro,

mas, perto, certas irregularidades,
ou turbulências, que nos fazem medo,
indicam, e não guardas nem grades,
proximidades de um buraco negro.

Eis ali, sem erro possível,
uma goela imensa, um nada ávido.
E assim conhecemos, sem vê-lo,
um nada-tudo, nosso nada grávido,

pela tromba que súbito suga
o que vinha certo pelo caminho,
a ingênua alva, a alma colomba,
e a graça, o amor, os sonhos límpidos,

e quanto em nós é puro e consola,
e é alvorecer, ainda que ao fim do dia,
o nada chupa e transforma
em náusea. Pó. Mãos vazias.

Pois bem, se absurdo é indagar
o que, dentro do nada, se agita,

podemos concluir, quando nada,
do exame de seus indícios,

que não é ser (claro) esse nada,
senão impressão, negativo,
fôrma ou contorno do roubado
— e enfim a falta das raízes,

qual se antes desses roubos pequenos
tivesse havido um grão-roubado,
roubo cosmogônico, imenso,
pai de todas as faltas e vácuos,

e então o que em nós é ser
e passe pela existência distraído
sumisse, pelo vírus tomado
deste grão-vácuo das origens.

Ó nada íntimo, medonho,
que contaminas cada nosso instante:
mil vezes mais que qualquer sonho,
roeste meu reino-de-antes

ou antes és meu não-reino.
Em vez de ser fim do que é grande,
és somente não-começo,
o nada-gás, paralisante

ou, pela lógica perversa
que é toda lógica, ou análise,
o reino, ele, é que é o inverso
de um nada pré-instalado

e, ao retomar tais raízes
moldadas sobre um fantasma,
ao ir, não vamos, estamos
ainda à caça de nada.

XXXIV

O regni rerumque
oblite tuarum
— embora em santuários
de amor se deleite,

não, não são banquetes
nem malemolências
que tiram o nauta
de cuidar no reino,

não são amores
nem subserviências,
não são rainhas,
nem há mister Vênus.

Se o nauta relaxa
é porque não sabe,
no fundo, no fundo,
qual é seu rumo,

nem por que lá teima
em fazer seu reino.
E vai ver queria,
no fundo, no fundo,

ser onda livre
sem Roma ou rumo,

viver sua sorte
de espuma breve

mas com a alma leve.
Ser o animal,
pois já é tal
— viver na pele

o ser geral.
Por isso o nauta
esquece o reino,
esquece a nau.

XXXV

Sem trauma e Tróia,
que raiz te apóia
— ou ovo?

Sem rumo ou Roma,
que nume ou nome
novo?

— Bem que secreto —
carnal, concreto:
povo.